SUPER POUVOIRS!

ALLEZ, JOUE UNE NOUVELLE PARTIE!

D'AUTRES LIVRES SUIVRONT BIENTÔT!

NOUVELLE PARTIE

SUPER LAPIN! SUPER POUVOIRS!

THOMAS FLINTHAM

TEXTE FRANÇAIS D'ISABELLE ALLARD

Éditions
■SCHOLASTIC

POUR ZIGGY

Catalogage avant publication de Bibliothèque et Archives Canada

Flintham, Thomas
[Super Rabbit Boy powers up! Français]
Super Lapin, super pouvoirs / Thomas Flintham, auteur et illustrateur ;
texte français d'Isabelle Allard.

(Nouvelle partie ; 2)
Traduction de: Super Rabbit Boy powers up!
ISBN 978-1-4431-6544-0 (couverture souple)

I. Titre. II. Titre : Super Rabbit Boy powers up! Français

PZ23.F554Sup 2018   j823'.92   C2017-904589-X

Édition publiée par les Éditions Scholastic, 604, rue King Ouest, Toronto (Ontario) M5V 1E1

5 4 3 2 1   Imprimé en Chine 38   18 19 20 21 22

Conception graphique de Baily Crawford

MIXTE
Papier issu de
sources responsables
FSC® C101537
FSC
www.fsc.org

TABLE DES MATIÈRES

Voici le Château de la Carotte. C'est là qu'habite le plus courageux héros du pays : Super Lapin.

Aujourd'hui, Super Lapin reçoit une lettre.
Il se demande qui l'a envoyée.

Serait-elle de mon ami Chien Chantant? Ou de Simon le hérisson?

Il ouvre la lettre.

Bloup! Elle vient de Vilain Viking! Que peut vouloir ce vaurien?

SUPER <u>SALE</u> LAPIN,

J'EN AI ASSEZ QUE TU GÂCHES TOUS MES PLANS ET QUE TU DÉTRUISES TOUS MES ROBOTS. ÇA SUFFIT!

JE VAIS TROUVER LA SUPER SOURCE D'ÉNERGIE LÉGENDAIRE. JE M'EN SERVIRAI POUR CONSTRUIRE UN SUPER ROBOT INVINCIBLE. TU NE POURRAS PLUS JAMAIS ME VAINCRE!

JE TE SOUHAITE UNE MAUVAISE JOURNÉE.

CORDIALEMENT,
VILAIN VIKING

P.-S. : TU PUES!

Super Lapin tape du pied et fronce les sourcils.

Quel horrible Vilain Viking!

Il ne doit pas trouver la Super Source d'Énergie.

Il va détruire Animaville. Je dois la trouver avant lui!

Où se trouve la Super Source d'Énergie?
Super Lapin l'ignore, mais il connaît
quelqu'un qui peut l'aider.

L'Arbre Sage est au cœur de la Forêt de la Sagesse. C'est l'arbre le plus vieux et le plus savant du pays.

Bonjour, Arbre Sage.

Bonjour, Super Lapin! Ça fait plaisir de te voir.

Super Lapin lui parle de la lettre de Vilain Viking et de son plan d'utiliser la Super Source d'Énergie pour construire un robot invincible.

Je dois trouver la Super Source d'Énergie avant lui. Peux-tu m'aider?

Je vais te dire tout ce que je sais. Il ne faut surtout pas que Vilain Viking trouve la Super Source d'Énergie!

Retour en arrière...

IL Y A TRÈS LONGTEMPS VIVAIT LA PUISSANTE PRINCESSE. ELLE ÉTAIT GENTILLE ET UTILISAIT SA MAGIE POUR CRÉER TOUTES LES SOURCES D'ÉNERGIE DU PAYS. CES SOURCES CONFÉRAIENT DES POUVOIRS SPÉCIAUX À QUICONQUE LES UTILISAIT.

UN JOUR, LA PRINCESSE A CRÉÉ LA <u>SUPER</u> SOURCE D'ÉNERGIE, QUI ÉTAIT PLUS PUISSANTE QUE TOUTES LES SOURCES D'ÉNERGIE EXISTANTES.

ELLE L'A CACHÉE DANS UN CACHOT SECRET, AU CŒUR DES TERRES SECRÈTES.

SEUL UN HÉROS TRÈS COURAGEUX ET TRÈS INTELLIGENT POUVAIT LA TROUVER. JUSQU'ICI, PERSONNE N'A RÉUSSI.

AVANT DE QUITTER LE PAYS, LA PUISSANTE PRINCESSE A REMIS À L'ARBRE SAGE UNE CARTE MENANT AU CACHOT SECRET.

SEUL UN HÉROS POUVAIT L'UTILISER S'IL AVAIT <u>VRAIMENT</u> BESOIN DE LA SUPER SOURCE D'ÉNERGIE. L'ARBRE SAGE L'A CONSERVÉE TOUT CE TEMPS.

Super Lapin navigue vers les terres secrètes à la recherche du Cachot Secret.

En route, il vit de petites aventures comportant de GROS dangers.

Super Lapin déjoue le sortilège d'un méchant sorcier.

Il transforme un prince triste en Chevalier Grenouille!

Puis le brave Chevalier Grenouille aide Super Lapin à terrasser un groupe de farfadets affamés.

Coâ! Coâ! Bravo, Super Lapin!

Merci, Chevalier Grenouille! Boïng! Boïng! C'est amusant!

GLOUP!

GLOUP!

GLOUP!

Super Lapin quitte le Chevalier Grenouille et traverse le Pont de l'Ennui en bondissant.

Ensuite, il gravit la Montagne au Miroir et combat son reflet maléfique.

Il entre dans les Grottes Glaciales, où il résout les trois devinettes d'Énigma.

Il pénètre enfin dans la Forêt Obscure. Dans le coin le plus réculé et le plus sombre, il fait une grande découverte...

C'est l'entrée du Cachot Secret.

4 LE CACHOT SECRET

Super Lapin entre dans le cachot. Il voit une grande porte avec trois serrures. Sous la porte se trouvent trois autres petites portes non verrouillées.

Super Lapin se retourne et aperçoit un fantôme!

Aaaah!

Hi, hi! Ne t'inquiète pas, je suis un gentil fantôme. Je m'appelle Plib le Plob.

Oh, bonjour. Je suis Super Lapin et je cherche la Super Source d'Énergie. Peux-tu m'aider?

Derrière la première porte, Super Lapin trouve une pièce sombre remplie de toiles d'araignée. Il voit une clé suspendue au-dessus de sa tête.

Lorsqu'il essaie d'avancer, il s'empêtre dans les toiles d'araignée. Elles le ralentissent.

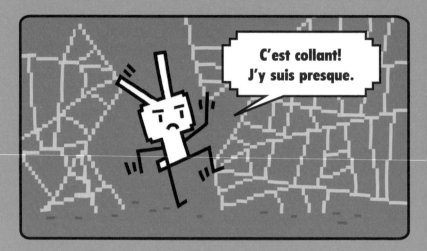

Soudain, il entend un bruit.

C'est un Chef Araignée. Il avance vers lui en faisant cliqueter ses pinces!

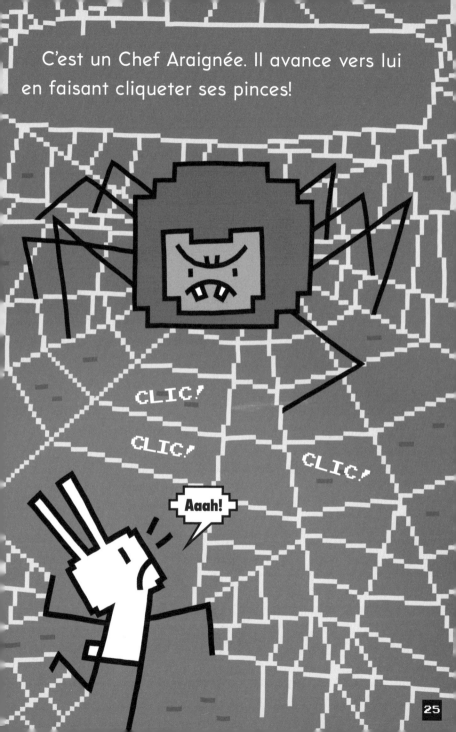

Super Lapin veut courir vers la porte, mais il est coincé dans les toiles d'araignée. Le Chef Araignée s'approche de plus en plus de Super Lapin!

Au dernier moment, Super Lapin se libère de la toile. Il court vers la porte!

Super Lapin ouvre la deuxième porte. Un feu ardent brûle dans la pièce et la chaleur est étouffante. Super Lapin aperçoit la clé au fond.

Soudain, un Chef Flamme surgit du feu!
Il lance des boules de feu au pauvre Super
Lapin.

Super Lapin se précipite vers la porte.

Je veux juste essayer la dernière porte avant de prendre les clés. Pour avoir une idée de ce qui m'attend.

Hi! hi!

La troisième et dernière pièce est plongée dans le noir. La seule lumière provient de la clé brillante à l'autre extrémité.

Super Lapin avance dans le noir.

Oh, non! Il y a un énorme Chef Ténèbre!

Cours, Super Lapin, cours!

Super Lapin retourne vite dans la salle principale.

Ce jeu a l'air difficile!

Oh, oui!

Super Lapin reprend son souffle.

Plib désigne un tunnel. Super Lapin ne l'avait pas remarqué!

Les galeries souterraines recèlent des pièges. Des méchants surgissent à chaque tournant. Super Lapin doit trouver les sources d'énergie, et vite! Il passe à l'action.

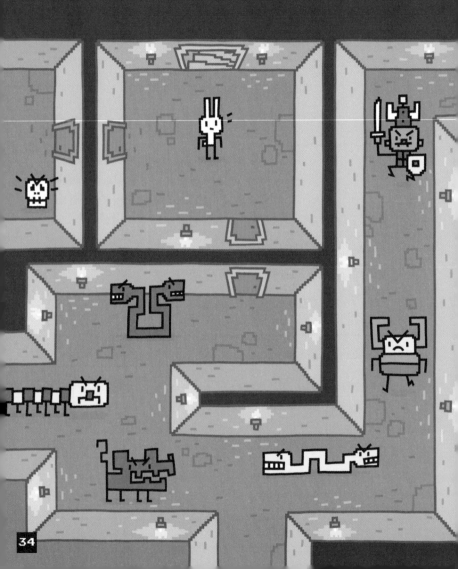

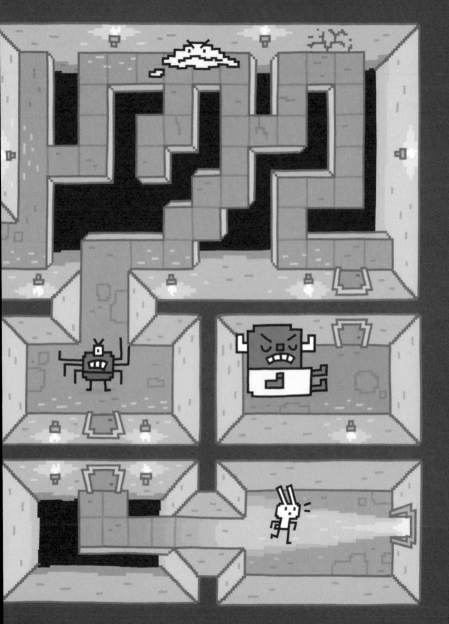

Super Lapin réussit à éviter les méchants
et entre dans une étrange pièce bleue.

Un losange bleu scintillant luit au centre de la pièce.

Super Lapin peut maintenant projeter un jet d'eau inépuisable avec sa bouche. C'est le pouvoir parfait pour combattre le Chef Flamme.

Super Lapin s'aventure plus loin. Il utilise son nouveau pouvoir pour remplir un fossé d'eau. Il le traverse à la nage.

Bientôt, il entre dans une autre pièce. Un triangle rouge brille au centre.

Salut! Je suis la Source d'Énergie Rouge.

Super Lapin peut maintenant lancer des boules de feu! C'est le pouvoir parfait pour brûler des toiles d'araignée collantes.

Super Lapin s'enfonce encore plus loin dans les galeries. Il utilise ses nouveaux pouvoirs de feu et d'eau pour attaquer les créatures qu'il croise.

Il regarde autour de lui pour la troisième source d'énergie, mais ne la trouve pas.

Super Lapin retourne sur ses pas, encore et encore…

Super Lapin frappe sur chaque pierre du tunnel.

Super Lapin regarde autour de lui. Il a parcouru plusieurs fois les mêmes trajets, et il est fatigué.

Il observe la rangée de flambeaux devant lui. L'un d'eux est éteint.

À l'aide d'une mini boule de feu, il allume le flambeau.

Une porte secrète s'ouvre dans le mur!

TROIS FOIS PLUS PUISSANT

Super Lapin entre dans une pièce lumineuse.
Un carré jaune tourne autour de lui.

Bonjour! Je suis la Source d'Énergie Jaune. Je vais te donner le pouvoir de lumière!

Le corps de Super Lapin devient lumineux!
C'est le pouvoir parfait pour briller dans le noir.

Super Lapin est plein d'énergie, à présent.
Il retourne dans la salle principale, où
l'attend Plib.

Merci de ton aide, Plib. Je suis prêt à affronter ces minichefs!

Hourra! Continue comme ça!

Dans la première pièce, Super Lapin utilise son pouvoir de feu pour brûler les toiles d'araignée.

Il contourne le Chef Araignée et s'empare de la première clé.

Dans la deuxième pièce, il utilise son
pouvoir d'eau pour tout arroser!

Bientôt, tous les feux sont éteints et le Chef Flamme est vaincu.

Super Lapin prend la deuxième clé.

Super Lapin entre dans la troisième pièce. Il utilise son pouvoir de lumière pour l'éclairer. Il est trop brillant pour le Chef Ténèbre!

Super Lapin prend la dernière clé.

Boïng! Boïng! J'ai les trois clés!
Super Source d'Énergie, me voici!

Super Lapin ouvre la porte géante avec les trois clés.

Super Lapin et Plib entrent à l'intérieur.
La Super Source d'Énergie les attend.

Le robot de Vilain Viking prend la Super Source d'Énergie et la met à l'intérieur de lui-même.

Le robot se transforme en Super Robot Invincible!

Voici mon Super Robot Invincible! Tu ne pourras plus m'arrêter, à présent! Ha! ha! Je vais détruire Animaville une fois pour toutes!

10 UNE SUPER PUISSANCE!

Super Lapin et Plib s'enfuient.

J'ai perdu! Que vais-je faire?

Ne t'en fais pas, j'ai un secret : Je ne suis pas un fantôme!

Plib la Super Méga Source d'Énergie
transforme Super Lapin en SUPER MÉGA LAPIN.

Le Super Robot Invincible donne un coup de poing à Super Méga Lapin, mais en vain.

Super Méga Lapin réplique d'un super méga coup de pied!

Oh, non!
Pas encore!

Le Super Robot Invincible explose, libérant la Super Source d'Énergie. Vilain Viking est projeté à travers le plafond.

Hourra! Vilain Viking et son Méga Robot Invincible sont vaincus!

Plib et les sources d'énergie joignent leurs pouvoirs pour propulser Super Lapin jusque chez lui!

THOMAS FLINTHAM

a toujours aimé dessiner et raconter des histoires, et maintenant, c'est son métier! Il a grandi à Lincoln, en Angleterre, et a étudié l'illustration à Londres. Il vit maintenant à Cornwall, près de la mer, avec sa femme Bethany. Il a signé de nombreux livres pour enfants, dont *Thomas Flintham's Book of Mazes and Puzzles*.

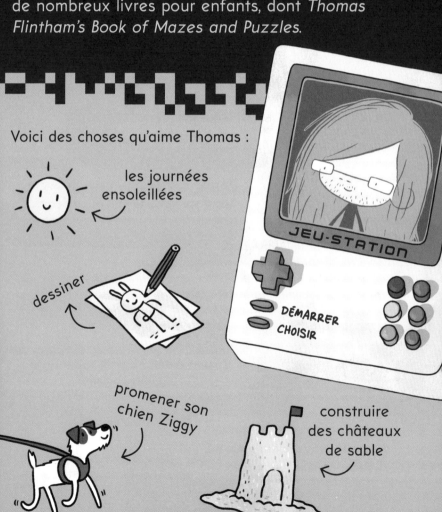

Voici des choses qu'aime Thomas :

les journées ensoleillées

dessiner

JEU-STATION

DÉMARRER
CHOISIR

promener son chien Ziggy

construire des châteaux de sable

NOUVELLE PARTIE

Que sais-tu sur
SUPER LAPIN,
SUPER POUVOIRS?

Pourquoi Super Lapin ne veut-il pas que Vilain Viking trouve la Super Source d'Énergie?

Nomme des mini aventures de Super Lapin sur la route du Cachot Secret.

Comment les trois sources d'énergie aident-elles Super Lapin à vaincre les minichefs?

Comment Plib aide-t-il Super Lapin au fil du récit?

Si tu pouvais avoir une source d'énergie, laquelle choisirais-tu? Décris-la et fais un dessin.